AF363911

VENTE

DU

LUNDI 20 DÉCEMBRE 1909

HOTEL DROUOT, SALLE 6

à 4 heures

DEUX TABLEAUX

PAR

ISABEY & ZIEM

COMMISSAIRES-PRISEURS

Mᵉ EDMOND PETIT

Mᵉ HENRI BAUDOIN

EXPERTS

M. GEORGES PETIT

M. HECTOR BRAME

CATALOGUE

DE

DEUX TABLEAUX

PAR

ISABEY & ZIEM

DONT LA VENTE PAR SUITE DE DÉCÈS

AURA LIEU A PARIS

HOTEL DROUOT, Salle N° 6

Le Lundi 20 Décembre 1909

à quatre heures

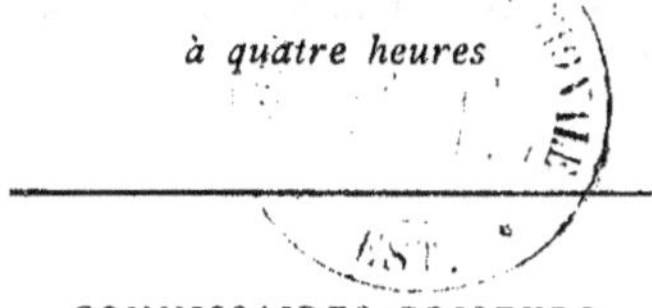

COMMISSAIRES-PRISEURS

Mᵉ EDMOND PETIT | Mᵉ HENRI BAUDOIN

Successeur de Mᵉ JULES APPERT

25, rue Coquillière, 25

Successeur de Mᵉ PAUL CHEVALLIER

10, rue Grange-Batelière, 10

EXPERTS

M. GEORGES PETIT | M. HECTOR BRAME

8, rue de Sèze, 8

2, rue Laffitte, 2

EXPOSITION PUBLIQUE

Le Dimanche 19 Décembre 1909, de 1 heure 1/2 à 6 heures.

CONDITIONS DE LA VENTE

Elle sera faite au comptant.

Les Acquéreurs paieront *dix pour cent* en sus des enchères.

Paris. — Imp. Georges Petit. — 20253-09.

Village au bord de la mer.

DÉSIGNATION

ISABEY (Eug.)

1 — *Village au bord de la mer.*

A gauche, des maisons, devant lesquelles des femmes sont occupées à préparer des lignes. Deux enfants les regardent. Au centre, une barque échouée à marée basse; à droite, un pêcheur vêtu de rouge se dirige vers la mer que l'on voit dans le lointain.

Signé en bas, à droite : *E. Isabey, 54.*

Toile. Haut., 41 cent. ; larg., 58 cent.

ZIEM

2 — *Pêcheurs à Naples.*

Au premier plan, deux barques sont échouées sur le rivage ; dans l'une, des femmes sont assises ; dans l'autre, se trouvent deux pêcheurs.

A gauche, d'autres pêcheurs tirent un filet.

Au dernier plan, la rade de Naples et le Vésuve

Toile. Haut., 84 cent. ; larg., 1 m. 27.

ZIEM

Pêcheurs à Naples.